Roberval Kid
et la ruée vers l'art

**COLLECTION
PAPILLON**

Du même auteur

Aux Éditions Pierre Tisseyre

Roberval Kid et le voleur de voix, collection Coccinelle, 1991
Roberval Kid et les tracteurs sauvages, collection Coccinelle, 1992
Gardez l'antenne, dessins d'humour, 1993

Chez d'autres éditeurs

Je sens qu'on me regarde, dessins d'humour, Éditions du Kami-Case, 1987
La BD donne des boutons, roman, Éditions du Boréal, 1991
Le léopard à la peau de banane, roman, Éditions du Boréal, 1993

Roberval Kid
et la ruée vers l'art

un roman écrit
et illustré par
Rémy Simard

ÉDITIONS PIERRE TISSEYRE
5757, rue Cypihot — Saint-Laurent, H4S 1X4

La publication de cet ouvrage a été rendue possible grâce aux subventions à l'édition du Conseil des Arts du Canada et le ministère de la Culture du Québec.

Données de catalogage avant publication (Canada)

Simard, Rémy

Roberval Kid et la ruée vers l'art

(Collection Papillon ; 28)
(Roberval Kid)
Pour les jeunes.

ISBN 2-89051-519-2

I. Titre. II. Collection : Collection Papillon (Éditions P. Tisseyre) ; 28 III. Collection: Simard, Rémy. Roberval Kid.

PS8587.I3065R83 1993   jC843'.54   C93-096505-1
PS9587.I3065R83 1993
PZ23. S55Ru 1993

Dépôt légal: 3e trimestre 1993
Bibliothèque nationale du Canada
Bibliothèque nationale du Québec

Illustration de la couverture
et illustrations intérieures:
Rémy Simard

Copyright © Ottawa, Canada, 1993
Éditions Pierre Tisseyre
ISBN 2-89051-519-2
234567890 IML 987654
10717

À mon père
qui ne regarde que les films
de cow-boys à la télé

1

Une découverte
à prix d'art

Sans crier gare, le vilain surgit de nulle part. De son mauvais œil, il regarde le héros intègre et, bien sûr, impeccable dans son costume de cow-boy blanc. Il s'approche de lui, en faisant tintiller ses éperons. Il crache son gros cigare et soulève un pan de son manteau. Il avance encore un peu. Puis vif comme l'éclair, il dégaine son savon à vaisselle devant un évier rempli de vaisselle sale, mais son rival est plus rapide. Le héros lave une montagne de vaisselle en un temps record. Elle ruisselle de propreté. Le vilain est encore vaincu et il croule sous la crasse.

Bien installé devant sa télé, Roberval Kid ne sait plus trop quoi penser.

— Je ne sais plus trop quoi penser, dit-il à son ami Dolbeau assis à ses côtés. Ils ne savent vraiment plus quoi inventer pour qu'on achète du savon à vaisselle.

— Arrête de réfléchir et regarde plutôt le rodéo, lui répond Dolbeau.

Dans son ranch western, entouré de cactus de toutes sortes, Roberval a invité son ami Dolbeau à passer la soirée avec lui. Ensemble, ils regardent les *Beaux Rodéos du dimanche* à la télé. Ils auraient bien aimé aller voir Gildor Roy en chair et à cheval à ce rodéo mais, ce soir, Roberval doit rester à la maison. Il garde sa petite sœur Alma...

— Encore! s'écrie Roberval. Alma, au lieu d'aller faire un petit pipi toutes les dix minutes, tu devrais plutôt faire un gros dodo.

— J'ai envie, répond sa petite sœur. Et si je ne vais pas faire pipi tout de suite, je vais faire pipi par terre et c'est toi qui le ramasseras...

— Bon d'accord, Dolbeau va y aller avec toi.

— Minute, intervient Dolbeau, ce n'est pas ma sœur et je ne veux pas manquer le meilleur. Regarde, Gildor Roy monte en selle...

— Zut de flûte, Alma, pour une fois tu vas être une grande fille et tu vas y aller toute seule.

— Pas question. J'ai trop peur du noir et des coyotes.

— Si tu y vas toute seule, ton grand frère va te donner un gros bec, lui dit Dolbeau.

— Beurk, fait la petite sœur.

— Des bisous alors.

— Rebeurk.

— Des beaux câlins à la vanille.

— Je n'aime pas la vanille.

— Des cerises dans le sirop.

— Je suis allergique aux cerises.

— Plein de bonbons alors.

— Marché conclu...

Alma prend une lampe à l'huile et sort dans la nuit noire.

Au temps des cow-boys, il n'y avait pas encore de toilette ni d'eau courante à l'intérieur des maisons. Les gens devaient sortir et aller faire leur petit besoin ou leur plus gros dans une cabane fabriquée à cette intention. En anglais, elle s'appelait *back house*. Le nom fut par la suite déformé pour devenir *bécosse*. Il n'y avait qu'un siège sous lequel se trouvait une fosse profonde, sombre et, bien sûr, malodorante...

Malgré le noir et les cris des coyotes au loin, Alma va à petits pas vers le cabanon. Seuls les bonbons lui donnent le courage d'y aller. Elle arrive enfin à la cabane. Elle ouvre la porte et entre en installant la lampe à l'huile de façon à bien éclairer l'intérieur. Elle lève sa petite robe de nuit et s'installe sur le siège pour y faire son pipi doré. Elle n'ose imaginer le gouffre froid et sombre qu'elle a sous les fesses...

○

Une heure plus tard, le fameux rodéo est terminé. Roberval ferme la télé et il en profite pour aller jeter un coup d'œil dans la chambre d'Alma. Il aime bien regarder sa petite sœur durant son sommeil. Elle est si gentille quand elle dort. Mais ce n'est pas cette nuit qu'il pourra l'admirer. Le lit est vide.

— Alma? Alma? s'écrie-t-il.

— Qu'est-ce qui se passe, Roberval? s'enquiert Dolbeau. Pourquoi cries-tu si fort?

— Vite, Dolbeau! Viens voir!

Dolbeau se précipite dans la chambre d'Alma.

Rien! Elle a disparu.

15

Roberval se faufile dans la crevasse en espérant y trouver sa sœur, mais ce qu'il découvre l'étonne encore plus.

— Des rails de chemin de fer!

— Tes toilettes débouchent dans la mine du vieux Jed. Il se servait des rails pour pousser des chariots remplis de pierres.

— La mine du vieux Jed? s'étonne notre héros.

— Jed est l'ancien propriétaire du domaine voisin et il exploitait une mine. Il n'a rien trouvé, alors il a tout abandonné. Si ta sœur est ici, on n'a pas fini de la chercher. Il y a des centaines de kilomètres de tunnels dans cette mine.

— Alma! crie Roberval...

— Ne crie pas si fort. Tout va s'écrouler.

— Roberval... Je suis ici, dit une petite voix lointaine.

— C'est Alma, se réjouit Roberval.

La petite voix d'Alma guide les deux amis. Ils la retrouvent dans un lieu peu commun: une galerie secrète...

2

Un tableau qui vaut de l'art

Le lendemain, Roberval et son ami Dolbeau retournent à la galerie secrète voir leur fabuleuse découverte.

— Moi aussi! crie Alma.

Roberval, Dolbeau et Alma empruntent le même chemin que la veille et, avec plusieurs lampes à huile d'au moins soixante watts, ils peuvent

pleinement admirer l'immense tableau.

— C'est beau, pas vrai Roberval?
s'exclame Alma.

— Le modèle qui a posé pour cette
toile doit être un extra-terrestre qui est
venu sur terre avec une soucoupe vo-
lante tirée par plein de chevaux. Re-
garde-lui la bouille. Le nez lui sort par
une oreille, ses yeux ont besoin d'une
grosse paire de lunettes et sa bouche
est tout tordue.

— Dolbeau, tu ne connais rien à
l'art.

— Parce que monsieur, lui, s'y connaît! J'oubliais que monsieur, lui, a
terminé sa troisième année. Que monsieur aime bien parler art avec monsieur
Villeneuve. Que monsieur court les
musées et que monsieur lit des livres
sur l'art contemporain. Si monsieur
connaît tellement de choses, monsieur
pourrait me dire comment il se fait qu'un
tableau se trouve dans l'ancienne mine
du vieux Jed?

— Le vieux Jed a peut-être oublié ce
tableau ici avant de partir.

— Tu veux rire! Le vieux Jed est
complètement aveugle et il s'est toujours intéressé à l'or, pas à l'art.

— Regarde, Roberval, intervient sa petite sœur, la peinture est encore fraîche.

Roberval et Dolbeau restent stupéfaits, devant la remarque si judicieuse sortant de la bouche de la petite sœur. Décidément, en garderie, elle en apprend, des choses.

— Nous devrions apporter ce tableau à monsieur Villeneuve, continue Alma, il pourra nous renseigner.

Roberval et Dolbeau décrochent avec d'immenses précautions le grand tableau. Ils le roulent selon les conseils d'Alma et s'en vont le montrer à monsieur Villeneuve, le professeur de dessin de Roberval, qui est aussi le barbier du village...

AUToPoRTRaiT D'ARTHUR
ViLLENEUVE UN MARDi DE
SEPTEMBRE

Monsieur Villeneuve, Arthur de son prénom, est un maniaque de dessins et de peintures. Il donne des cours, mais il peint aussi. Et quand monsieur Villeneuve peint, il peint partout, même sur les murs de son salon de barbier. Plusieurs personnes l'appellent Arthur le primitif. Roberval, lui, le surnomme monsieur le peintre. Il aime bien ce personnage qui a plein de talents, sauf celui de couper les cheveux...

— C'est un magnifique tableau! s'exclame monsieur Villeneuve devant celui-ci. Qui a commis ce chef-d'œuvre?

— Je n'en ai aucune idée, lui dit Dolbeau qui s'y connaît plus en hors-d'œuvre qu'en chefs-d'œuvre.

— C'est Picasso, répond Alma qui ne cesse d'étonner tout le monde. D'ailleurs, c'est écrit ici en tout petit.

— Ce nom ne me dit rien, par contre, sa toile, à vue de ciseaux, vaut sûrement des millions. Personne dans notre région n'a ce talent.

— Parle pour toi, lui rétorque une voix qui les surprend. Que personne ne bouge...

Dans le cadre de porte, arme au poing, foulard sur la bouche, se tiennent les bandits les plus redoutables de la banlieue-ouest du village: les frères Borduas...

27

Résigné devant la menace des revolvers, Roberval cède le tableau aux frères Borduas.

Les bandits s'enfuient avec leur butin sous le bras en criant «TAÏO»!

3

La ruée vers l'art

Roberval, Dolbeau et Alma, tout en larmes, se précipitent chez le shérif pour l'avertir du méfait des frères Borduas. Malheureusement, ils se cognent le nez à la porte. Le bureau du shérif est fermé et sur la porte se trouve un petit billet où il est écrit:

— C'est quoi un congé de paternité? demande Dolbeau.

— C'est comme un congé de maternité, mais pour les papas. Quand les adultes ont un enfant, le papa ou la maman prend un congé pour s'occuper du nouveau-né.

— Je ne savais pas que le shérif était un nouveau papa, s'étonne Dolbeau.

— Depuis peu, répond Roberval qui lit tout aussi bien des livres sur l'art que les journaux à potins. Il est allé en Espagne et, là-bas, il aurait, dit-on, adopté un petit orphelin.

— Mais cela n'a pas de sens, lui dit Dolbeau. Un shérif, même papa, se doit d'être à son poste pour protéger la population.

— Le shérif, selon la convention collective des shérifs de l'Ouest, a droit à certains avantages sociaux dont celui d'avoir un congé de paternité, lui répond Alma qui, à la garderie, suit le cours Syndicalisme 101.

— On ne peut tout de même pas laisser la ville à elle-même. Qui va arrêter les frères Borduas? Qui va protéger ma tirelire?

— Il n'y a personne d'autre que vous, Roberval, pour remplacer notre shérif qui doit avoir, en ce moment même, les mains pleines de couches. Venez, je vais vous faire visiter son bureau.

Le petit maire, tout doré et à peine bronzé, prend un gros trousseau de clefs. Il ouvre la porte du bureau du shérif et, en passant, celle de la prison.

— Ha! Enfin! C'est pas trop tôt, s'exclame une voix venant du cachot.

— Mais, s'étonne le maire, qui êtes-vous? Que faites-vous dans ma prison?

— Ça, c'est la meilleure! Dire que je lui ai volé des milliers de poules. Je suis le prisonnier et c'est vous qui m'avez condamné. Maintenant, cela fait au moins un mois que j'attends que quelqu'un daigne m'apporter de l'eau. Je suis peut-être un bandit, mais j'ai quand même le droit d'avoir un peu de service, bon sang!

— Vous voyez, Roberval, la ville a besoin d'un shérif.

Roberval se frotte la barbe même s'il n'en a pas encore...

— Je vais y réfléchir, dit-il.

— Je crains que vous n'ayez pas le temps. La nouvelle de la découverte du

Picasso a fait le tour de la terre. Les cotes de l'art aux valeurs boursières sont à la hausse. L'art vaut maintenant plus que l'or. Les chercheurs d'or vont se recycler en chercheurs d'art. Ils vont venir ici faire fortune et personne ne pourra les contenir. Cela deviendra vite la pagaille. La ville sera le royaume des bandits, des truands et des croque-morts. Si vous n'acceptez pas le poste, les frères Borduas feront la pluie et le beau temps.

Le maire s'arrête soudainement de parler et tend une oreille alerte.

— Mes amis, dit-il, vous entendez?

Au loin, un léger bruit assez bruyant parvient aux oreilles de Roberval, de Dolbeau et d'Alma...

— Ce sont eux! s'exclame le maire vert de trouille.

Il sort à toutes jambes et se sauve chez lui pour se cacher sous son lit.

— C'est qui, eux? demande Dolbeau.

— Les chercheurs d'art, répond Roberval.

Notre héros va vers le pupitre du shérif. Il ouvre un tiroir et prend trois étoiles. Il en donne une à Alma, l'autre à Dolbeau et il épingle la sienne sur sa veste marron.

— Alma, tu veilles sur le prisonnier et tu télégraphies à maman pour lui dire que nous allons bien. Dolbeau, tu viens avec moi.

Les deux nouveaux shérifs quittent et vont à la rencontre de mille chercheurs d'art, rêvant tous de faire fortune...

4

Picasso par-ci, pique-assiette par-là...

— **P**oint, point, ligne, point! taque-taque le télégraphe.

À l'époque des cow-boys, le téléphone n'existait pas encore. On utilisait le télégraphe. Grâce à lui, les gens pouvaient communiquer en morse. Ils auraient pu communiquer en otarie, en baleine ou en phoque, mais les gens ont vite préféré le morse. D'ailleurs, une légende dit que le code a été inventé par un monsieur Morse qui tapait des mains en regardant un phoque faire tourner un ballon sur son nez. Le système est fort simple: chaque lettre de l'alphabet est remplacée par des traits et des points.

Alma répond et frappe sur le transmetteur:

Ce qui signifie: « Oui, allô! »

— Ici madame Tel, la maman de Guillaume. J'ai trois chercheurs d'art qui creusent sous le plancher de ma cuisine en espérant trouver un quelconque tableau de Marc-Aurèle Fortin ou de Jean Paul Lemieux. J'ai tout fait pour m'en débarrasser, mais ils insistent. Si vous ne venez pas tout de suite les arrêter, ils vont inventer le marteaupiqueur pour creuser plus vite et faire encore plus de bruit.

— Nous allons nous occuper d'eux, Madame, répond Alma qui referme le télégraphe.

— Retaquetaque, fait encore l'appareil...

— Oui, allô!

— Shérif! s'écrient quelques points à l'autre bout du fil, ce matin, j'ai voulu prendre mon petit déjeuner et savez-vous qui j'ai trouvé complètement rôti dans mon grille-pain? Un chercheur d'or. Ça fait le deuxième que je trouve là depuis ce matin. S'il vous plaît, faites quelque chose.

— Nous vous envoyons le panier à salade.

Alma raccroche et se retourne vers Dolbeau qui entre dans le bureau.

— Tu as d'autres clients au 29, rue de la Peinture Jaune Est.

— Encore! La prison est pleine!

— Mets-les avec l'ancien prisonnier, il est tout seul dans sa cellule...

— Alma, tu sais bien que personne ne veut être avec lui. Il est complètement zinzin. Regarde-le avec sa grande moustache et ses airs de comptable espagnol. Depuis que l'art est à la mode, il s'est mis à la peinture. T'as vu sa dernière toile? Des montres qui coulent comme de l'eau. Un mois, seul, sans nourriture et sans eau l'a rendu tacatac..

— Écoute, Dali n'est pas un si mauvais bougre, après tout.

— Parles-en au prisonnier à qui il a mordu le mollet... Tiens, Roberval qui arrive...

J'AI TROUVÉ CELUI-CI EN TRAIN DE CHERCHER DE L'ART DANS LES SACS À MAIN !

— Roberval, nous sommes complètement débordés, dit Alma, exténuée. Le télégraphe n'arrête pas de «sonner». Ça fait deux jours que les chercheurs d'art sont là et ça fait deux jours que nous n'arrêtons pas. Il y en a partout. Ils sont venus des quatre coins du monde. De New York à Bornéo en passant par Sainte-Agathe.

— Le Kid, dit Dolbeau, ça ne peut plus continuer. Nous avons besoin d'aide, de conseils...

— Je sais, mais de qui? Je n'ai pas réponse à tout, moi. C'est bien d'être un héros, mais il y a des jours où je préférerais brosser mes cactus.

— Pourquoi n'allons-nous pas voir alors l'ancien shérif? Il a de l'expérience et il pourra sûrement nous conseiller...

Toc! Toc! Toc! fait l'énorme poing de Dolbeau qui fut jadis un gros boxeur sans en avoir tous les talents. Avant d'être fermier, son orienteur à l'école lui avait conseillé la boxe parce qu'il adorait la corde à danser. Dolbeau s'est vite rendu compte que recevoir des coups sur le nez n'était pas très bon pour sa santé. D'autant plus qu'il n'arrêtait pas de saigner du nez et que la vue du sang le faisait vaciller. Il a arrêté la boxe pour s'inscrire à un cours de danse. Mais, lors d'un spectacle de fin d'année, la scène s'est effondrée sous son poids. Il a quitté la danse puis a hérité de la ferme de sa maman. Il n'a pas connu son papa. Sa maman lui a dit qu'il était mort d'une crise cardiaque causée par des artères bouchées. Depuis ce temps, il ne va jamais dans une grande ville de peur que celle-ci ne meure d'une crise cardiaque. Car durant les heures de pointe la plupart des artères sont bouchées...

— Toc! Toc! Toc! refait Dolbeau sur la porte d'entrée de la maison de l'ancien shérif Macintosh.

— Visiblement, il n'est pas là, constate Roberval.

— Il est peut-être allé acheter des couches, du lait ou des toutous.

Ils quittent la maison du shérif et, sur le chemin du retour, ils croisent un jeune chercheur d'art...

— Hep! Messieurs. Vous n'auriez pas cent dollars, par hasard? demande le chercheur.

— Cent dollars! s'exclame Roberval. Je suppose que t'as besoin de cet argent pour t'acheter un café.

— Je ne savais pas que la récession était si dure et que le café valait si cher, continue Dolbeau.

— Écoute, l'ami, tu viendras chez moi et pour trente-cinq dollars je t'offre une bonne tasse de café, propose Roberval qui a la bosse des affaires.

— Je ne veux pas de café, répond le chercheur. Il me manque cent dollars pour me payer un Picasso...

— Un Picasso? Tu as bien dit un Picasso? Qui peut bien vendre un Picasso?

— La mine d'art.

— La mine d'art? Quel est ce lieu qui m'est inconnu?

— C'est la nouvelle galerie d'art de la mine du vieux Jed. Il y a une exposition de Picasso et les tableaux sont tous à vendre.

Roberval et Dolbeau, à toutes jambes, se précipitent à la mine, là où une centaine de personnes se bousculent pour s'emparer d'un tableau de Picasso.

— Faites place, ordonne Roberval à la foule, fort de son autorité de shérif.

Sur les murs de la nouvelle galerie, il y a des Picasso à des prix qui ruineraient n'importe quel professeur du primaire...

Parmi les chercheurs d'art reconvertis en acheteurs d'art, Roberval reconnaît Arthur Villeneuve, Monsieur le maire et Macintosh, l'ancien shérif...

— Ha, Roberval! dit ce dernier. Comment allez-vous, très cher ami?

— Monsieur le shérif, justement, je vous cherchais...

— Ex-shérif Roberval, ex-shérif. Le shérif maintenant, c'est vous...

— Le temps de votre congé de paternité seulement.

— Cela va durer plus longtemps que vous ne le pensiez, mon jeune ami. Hier, j'ai donné ma démission au maire et maintenant je me consacre exclusivement à l'art.

— Quoi! Vous aussi vous devenez chercheur d'art?

— Moi, chercheur d'art! Vous blaguez j'espère? J'ai acheté la mine du vieux Jed pour y construire cette somptueuse galerie. Et tous ces fabuleux Picasso sont à moi. Maintenant, mon jeune ami, je suis conservateur...

Au pays des cow-boys et tout parti-
culièrement au pays de Roberval Kid,
les gens en politique peuvent être con-
servateurs ou libéraux. Le fait que l'ex-
shérif ait avoué être conservateur lui
faisait une belle jambe. Ou si vous
voulez, il s'en fichait complètement. La
politique l'intéresse autant qu'une
vieille nouille oubliée dans un bol à
soupe.

— Vous êtes conservateur, dit-il à
Macintosh. C'est dire que vous voulez
vous faire élire aux prochaines élec-
tions...

— Pas conservateur du Parti conservateur, mon jeune ami. Je suis
maintenant conservateur d'art...

— Mais, mon cher Macintosh, un
conservateur d'art a pour mission de
conserver l'art et non pas de vendre
l'art comme vous le faites, ici, dans
cette galerie, lui rétorque Villeneuve qui
suivait la conversation.

— Je veux changer l'image du conservateur et de son musée. Je veux un
musée où l'art peut circuler et où il est
diffusé...

— En vendant cet art à gros prix...
— Pourquoi pas!

— Et d'où viennent tous ces tableaux? lui demande Roberval. Et qui est ce fabuleux peintre, ce Picasso?

— Ceci, c'est mon secret... Allez admirer ses œuvres. Je dois m'occuper de mes autres invités...

— Viens, Dolbeau, nous avons du travail...

— Où va-t-on, Roberval?

— Aux toilettes...

5

Art mécanique

— **T**u te sens malade, Roberval? s'inquiète Dolbeau. Tu as mangé quelque chose que tu n'arrives pas à digérer comme des champignons empoisonnés ou des épinards bouillis ou, pire, du poisson cru mariné dans son jus...

— Ne t'en fais pas pour moi, mon ami, je me sens très bien.

— Mais alors, pourquoi diable irais-je aux toilettes avec toi? Tu n'es plus un bébé. Tu es capable d'y aller tout seul.

— Nous y allons pour emprunter le passage secret qui donne accès à la mine.

— Pardi, nous y étions à la mine du vieux Jed. Si tu voulais y entrer, tu n'avais qu'à demander à Macintosh. La mine lui appartient maintenant.

— Si je veux prendre le passage secret, c'est que je ne veux justement pas que ce cher Macintosh le sache. Tu ne trouves pas ça bizarre, toi, qu'un ex-shérif, en plein congé de paternité, s'achète une mine pour y ouvrir une galerie qui lui sert à vendre des Picasso dont personne ne connaissait l'existence jusqu'à ce jour? J'ai l'impression que Macintosh nous cache quelque chose et je dois savoir quoi.

— Il te l'a avoué qu'il a un secret. Tu sais, Roberval, ce n'est pas bien d'être curieux et de se mêler des affaires qui ne nous regardent pas. Cela ne peut que nous causer des ennuis.

— Je n'aime pas les secrets et n'oublie pas que des shérifs doivent tout savoir pour faire respecter l'ordre.

— Nous pourrions trouver un autre passage secret qui mène à la mine.

— Nous n'avons pas le temps de chercher. Et puis arrête de te plaindre. Les toilettes viennent tout juste d'être creusées.

— Elles ont été creusées l'année dernière et laisse-moi te dire qu'il s'en est passé des choses depuis...

Ils s'en vont d'un pas décidé chez Roberval pour prendre quelques instruments de spéléologie pouvant leur servir à explorer la mine. Des torches, des pics, de la corde, deux marteaux et plusieurs gommes ballounes s'entassent dans leur sac à dos.

En faisant très attention de ne pas se faire remarquer, ils pénètrent dans les toilettes.

— Tu sais, Roberval, j'ai encore grossi depuis la dernière fois. Je ne pourrais pas passer par le trou.

— Passe le premier...

Dolbeau se glisse dans le trou et reste coincé. Roberval le pousse de toutes ses petites forces.

— Dolbeau, je compte jusqu'à trois, tu retiens ton ventre et moi je continue à pousser. Un, deux, trois...

— Roberval! s'écrie le gros Dolbeau décoincé, je tombe...

Plouch!!!

C'EST ICI QU'ALMA A TROUVÉ LE PREMIER PICASSO !

QU'ESPÈRES-TU TROUVER AU JUSTE ?

JE VEUX SAVOIR D'OÙ VIENT CES PICASSO. SI MACINTOSH A ACHETÉ LA MINE DU VIEUX JED, C'EST QUE LE MYSTÈRE SE CACHE DANS CES TUNNELS. TOI, TU CHERCHES DE CE CÔTÉ TANDIS QUE MOI, JE VAIS PAR LÀ...

JE ME DOUTAIS BIEN QUE VOUS ALLIEZ VENIR, TRÈS CHER ROBERVAL !

— N'est-ce pas une magnifique machine, s'extasie Macintosh en montrant sa prétendue beauté mécanique.

— Qu'est-ce que c'est? demande Roberval totalement incrédule devant ce monstre.

— Comment Roberval, nargue Macintosh, vous, le nouveau shérif, l'homme de la situation qui se doit de tout connaître, vous ne savez pas ce que c'est?

— C'est un lave-vaisselle, lui répond le Kid qui aimerait clouer le bec à ce Macintosh de malheur.

— Vous n'y êtes pas du tout.

— Un micro-ondes, rétorque Roberval.

— Quoi encore? Une tondeuse à gazon, peut-être?

— J'allais le dire.

— Ce n'est rien de tout cela, mon jeune ami. Vous avez devant vous Picasso.

— Picasso! Cette boîte de conserve! Picasso, l'artiste dont on s'arrache les toiles et les gribouillis, c'est cette machine grosse comme une locomotive à vapeur et plus laide qu'un caniche fraîchement tondu comme un arbuste de banlieue.

— Hé oui! Cette machine, belle comme une journée de printemps est Picasso, le premier micro-artdinateur.

— Un micro-artdinateur! Ce mastodonte! Vous êtes myope comme une taupe. Votre machine est énorme.

— C'est que vous n'avez pas vu la première version. Elle était plus grosse que le Stade olympique. Le modèle que vous avez devant vous est de la deuxième génération et il est quasiment portatif.

— Si vous appelez portatif tout ce que cent chevaux peuvent tirer, alors je vous crois. Sauf que vous n'allez pas me faire avaler que ce tas de ferraille peut peindre des tableaux de si grande qualité.

— Soyez plus moderne et plus ouvert à l'évolution technologique, mon cher. Si un singe ou une queue d'âne peut peindre une toile, une machine peut le faire également et beaucoup mieux que d'autres. Je vais, de ce pas, vous faire une démonstration.

— La machine dépasse l'homme, Roberval. Nous n'aurons plus qu'à appuyer sur quelques boutons et les artdinateurs créeront des chefs-d'œuvre.

— Des chefs-d'œuvre que vous vendez à des prix exorbitants... Que diraient tous les collectionneurs s'ils savaient que vos toiles sont fabriquées par une machine?

— Ils le sauront bientôt. Je dévoilerai le fruit de mon invention dès que les Picasso seront reconnus à travers le monde. Après avoir constaté la grande qualité de ces tableaux, ils ne pourront qu'admettre le génie de la machine. D'ailleurs, j'ai déjà mis au courant certains grands collectionneurs qui veulent leur micro-artdinateur personnel. Je travaille sur une autre machine que j'appellerai Gauguin.

Roberval, devant tant de nouveauté, ne perd toujours pas le nord ni son latin. Il en a déjà vu d'autres. L'invention de l'ouvre-boîte électrique, par exemple, a bouleversé le monde, pas Roberval dont la première réaction fut: «C'est bien, un ouvre-boîte électrique, mais maintenant il faudrait inventer l'électricité.»

— Cette ruée vers l'art fait votre affaire et elle n'est pas l'effet du hasard. Vous inventez une machine, ce qui doit prendre un temps fou pour un ex-shérif qui n'a pas réussi sa maternelle. Puis vous laissez traîner un Picasso dans la mine en pensant bien que quelqu'un va le découvrir. La nouvelle se répand. Les chercheurs d'art, avides, arrivent. Vous laissez passer quelques jours, le temps que les chercheurs d'art reviennent bredouilles de leurs fouilles. Ils sont devenus fébriles et ils donneraient leur chemise pour un bout de toile. Puis, comme par magie, vous ouvrez une galerie et vous leur vendez des Picasso.

— Pour un shérif amateur, vous avez l'imagination fertile, cher Roberval. Mais tout cela n'est que pure coïncidence!

— Je ne crois pas que toute cette mise en scène soit une coïncidence et je crains pour vous que les chercheurs d'art aussi ne le croiront pas, monsieur l'ex-shérif. La paternité vous a bien changé. Au fait, comment va le bébé?

— Le bébé! Quel bébé?

Roberval, en guise de réponse, lui sourit.

Macintosh regarde Roberval quitter les lieux.

«Sale petit fouineur, se dit-il, tu ne perds rien pour attendre.» Il prend son télégraphe cellulaire et tape rageusement quelques points et quelques lignes.

6

Alma!?

— **D**olbeau! Dolbeau! Où es-tu?

— Je suis ici, Roberval. Entre Jonquière et Chicoutimi.

— Arrête tes farces plates. Ça fait deux heures que je te cherche dans cette mine. Où te caches-tu? Nous avons plein de choses à faire.

— Tu brûles! Tu brûles!

— Montre-toi, espèce d'ami à la gomme!

Roberval se précipite pour aider son ami à se dégager.

— Rien de cassé, mon vieux?

— J'ai une douleur au pied mais, heureusement, il n'est pas cassé. Nous sommes mieux de déguerpir d'ici. La mine est toute minée. Trop vieille et pas entretenue. Tout peut s'écrouler d'une demi-heure à l'autre.

Avec la force d'une béquille, Roberval aide son compère à quitter les lieux.

— As-tu trouvé quelque chose, Roberval?

— J'ai rencontré Picasso.

— Comment est-il?

— Bête comme un boulon!

Ils sortent de la grotte et, du même coup, des toilettes.

— Nous allons prendre Roger, ton cheval, Roberval. Mon pied me fait mal et je crains ne pas pouvoir marcher jusqu'au village.

— Maman est partie avec Roger. Nous allons emprunter la deux chevaux. Ça ira encore plus vite.

— Chouette! La deux chevaux.

D'un pas boitillant, ils vont au garage et sortent la deux chevaux. Une voiture qui a fière allure et qui est propulsée par deux chevaux-vapeur, de là son nom. La plus western des voitures.

À la vitesse des poulains-vapeur, nos deux amis arrivent au village qui attendait impatiemment leur retour. Les habitants sont en larmes. Le village est méconnaissable. Les maisons, la rue, les gens et les chiens sont couverts de graffiti. Le maire du village, lui aussi couvert de graffiti, vient à leur rencontre.

— C'est atroce, Roberval!

— Que se passe-t-il, nom d'une patate à raclette? Qui a fait tous ces vilains barbots?

— Ce sont les frères Borduas qui ont laissé aller leur créativité vagabonde.

— Ils ont un certain talent, fait remarquer Roberval. Mais ce n'est pas une raison pour s'exprimer partout.

— Ce n'est pas tout, lui dit le maire. Votre sœur, la petite Alma...

— Quoi! ma sœur?

— Ils l'ont enlevée et m'ont donné ce message pour vous.

66

— Les vils, les affreux, les espèces de cracheurs de peinture sans pinceau, les canards, les mouffles, les tomates et les concombres!!! Ça ne se passera pas comme ça. Je vous le dis, foie de canard.

À toute vitesse, Roberval entre dans une quincaillerie et en ressort aussitôt, armé jusqu'aux dents. Il rejoint Dolbeau dans la deux chevaux.

— Nous allons encore aux toilettes, Roberval?

— Nous allons chez les Borduas.

— Quelle route dois-je prendre?

— Suis les graffiti!

Graffiti plus tard!

Comme un pilote de rallye automobile, Dolbeau suit les graffiti. La trace des Borduas est assez simple à suivre. Il n'a pas besoin des services d'un éclaireur indien ou pakistanais pour suivre la piste. Les Borduas ont fait des graffiti partout sur leur passage. Il y en a dans le village, mais également sur l'autoroute qui mène vers le nord, sur les cactus publicitaires, sur les serpents écrasés sur la chaussée et même sur les coyotes qui s'aventuraient à faire du pouce.

Après quelques quarts d'heure de route, ils arrivent enfin au village secret des repères secrets.

C'est dans ce village, fort connu des touristes américains, qu'on peut trouver la villa secrète des grands bandits du far west tels que Jessie James, Billy the Kid, les frères Dalton, et Michael Jacson qui se demande toujours pourquoi il demeure dans cette ville.

Dolbeau et Roberval remarquent assez rapidement la maison des Borduas. C'est la seule qui est à vendre et c'est aussi la seule qui est couverte de graffiti.

Ils garent la voiture non loin de là, sans oublier de l'attacher à un parcmètre.

— Pour libérer ta petite sœur, nous devrons compter sur l'effet de surprise, pas vrai Roberval?

— Tu as raison, Dolbeau. Suis-moi.

À toute allure, Roberval et son arsenal de bataille se rendent à la porte d'entrée des Borduas.

— Cézanne, ouvre-toi!

Voyant que la porte ne s'ouvre pas par magie, ils décident d'y aller de façon plus traditionnelle. Ils sonnent. Quelques instants plus tard, un des frères vient ouvrir.

— C'est nous, lui dit Roberval qui compte sur l'effet de surprise. Nous venons vous surprendre.

— Hein? fait le Borduas complètement illettré et visiblement surpris.

Sans lui donner le temps de réaliser quoi que ce soit, Dolbeau se sert de son poids pour lui tomber dessus. Plouch! fait le Borduas en s'écrasant sur le plancher. Voulant profiter encore de l'effet Dolbeau, ou, si vous préférez, de l'effet de surprise, nos héros se précipitent à l'intérieur de la maison. Ils surprennent deux autres Borduas bien installés, pinceau en main, devant un chevalet. Ils font des faux Monet pour garnir leur porte-monnaie. Dolbeau, tel que nous le connaissons, réussit à les maîtriser sous ses arguments de poids. Ils fouillent le reste de la maison. Pas de trace du pire des Borduas, Paul-Émile.

— Où peut-il bien être? se demande Dolbeau.

— Ce qui m'inquiète le plus, c'est qu'Alma n'est pas là non plus. Le vil

Paul-Émile l'a peut-être emmenée jouer au parc et cela sans ma permission.

— J'ai remarqué un parc à l'entrée du village.

— Allons-y, il n'y a pas une minute à perdre. Ils sont peut-être en train de se balancer. Alma adore ça.

TE VOILÀ CANAILLE !

ROBERVAL KID, ICI, DANS MA MAISON ! CELA FAISAIT LONGTEMPS QUE JE VOULAIS T'Y INVITER POUR TE DONNER UNE BONNE LEÇON !

Paul-Émile recule et laisse tomber ses sacs d'épicerie pour libérer ses mains. Les sacs roulent par terre et dévoilent leur contenu. Du tofu, des kiwis, des graines de toutes sortes et beaucoup de légumes. On a beau dire, mais ce n'est pas parce qu'on est méchant qu'on doit négliger son alimentation. Paul-Émile recule toujours et provoque Roberval en duel. Sans attendre sa carte d'invitation par la poste, Roberval accepte. Il regarde son ami Dolbeau avec tendresse. Un regard qui signifie tant de choses dont: si je perds, tu n'oublieras pas de traire les vaches.

Roberval s'avance et fait face à Paul-Émile. Il est prêt. Bien armé, il regarde son adversaire. Les secondes s'écoulent, les minutes s'écroulent. Le silence est intense. On pourrait entendre un éléphant péter. Tout à coup, sans prévenir, Paul-Émile dégaine, mais Roberval, vif comme un Bœing 747, a déjà toute sa quincaillerie en main. Avec ses bonbonnes de peinture antirouille sans CFC, Roberval asperge Paul-Émile de peinture. Ce dernier réplique, mais il manque Roberval de peu. Il ne fait que barbouiller la boîte aux lettres du voisin.

74

— Hé! Espèce d'innocent! Ma boîte aux lettres!

— Je m'excuse, dit poliment Paul-Émile qui ne veut surtout pas provoquer Billy the Kid, son voisin.

Cette petite diversion permet à Roberval de changer de bonbonne et laisse aller toute son imagination.

Paul-Émile est couvert de rose, ce qui lui donne des airs de flamant rose. La peinture lui voile la vue. Il vaporise de la couleur partout, sauf sur son adversaire. Sous le poids de la couleur, il abdique et sort comme par magie un drapeau encore blanc.

— J'arrête de te barbouiller si seulement tu me dis où tu as caché ma petite sœur.

— Elle n'est pas ici. Je l'ai laissée à celui qui nous a payé pour l'enlever.

— Qui? Qui ose payer des gens pour enlever une enfant?

— Macintosh! répond Dolbeau qui lui tend une facture trouvée sur la table de cuisine des Borduas.

BORDUAS Inc.

crimes en tous genres

Kidnapping d'Alama pour Macintosh	300 $
Interurbains	72 $
Transport	20 $
Crème glacé	3 $
Chaînes	5 $
Sous-total	400 $
T.P.S.	28 $
Total	428 $

8

Une machine bien nourrie

— **V**os papiers!

— Mais monsieur l'agent, ma petite sœur a été kidnappée par l'ex-shérif devenu maintenant une vilaine crapule qui vend des tableaux à gros prix, faits par une machine laide comme des babouches de plage. Cette crapule, je l'ai remplacée. C'est moi le nouveau shérif du village et je ne suis pas une crapule.

— Ce n'est pas une raison pour ne pas respecter la loi. Vous faisiez du 152 kilomètres à l'heure dans une zone de trente. Tenez, voici votre contravention et vous êtes chanceux que je ne vous fasse pas souffler dans la «balloune».

Roberval redémarre la deux chevaux verts de frustration. Entre collègues, il aurait pu m'aider, pense-t-il.

— C'est moche, hein Roberval? lui dit son ami.

— Oui, c'est moche.

— Il ne t'a pas invité à sa fête...

— Quoi? Quelle fête, Dolbeau. De quoi parles-tu?

— Bien oui! Il n'a pas voulu que tu souffles dans la balloune.

— Ce n'est pas une balloune pour une fête. Tu souffles dans un espèce de truc machin communément appelé la balloune, qui analyse et calcule le taux d'alcool que tu as consommé. C'est défendu de prendre le volant quand on a pris de l'alcool. Tu ne le savais pas?

— Et là, où va-t-on à cette vitesse digne d'une autre contravention?

— Aux toilettes.

— Mais c'est une manie chez toi!

Dolbeau suit péniblement son ami aux toilettes, puis ils s'enfoncent dans la mine. Son pied le fait souffrir, mais, en tant que bon héros, il ne se plaint pas trop.

— Chut! Espèce de haut-parleur. Tu veux que le plafond de la galerie retombe sur ton gros orteil?

— Bon sang! J'ai le droit d'avoir mal à mon peton.

— Chut! T'entends? Quelqu'un vient par ici.

Nos deux compères se cachent derrière un gros rocher. Macintosh passe sous leurs yeux, sans les remarquer. Il tient, dans ses mains, un immense plateau de nourriture.

— Ça doit être pour Alma, chuchote Roberval. Suivons-le.

Du bout des pieds, ils suivent le brigand. Même si cela le fait atrocement souffrir, Dolbeau met en pratique ce qu'il a appris dans ses cours de ballet. Il marche sur la pointe des pieds avec la grâce d'un hippopotame.

Macintosh arrive dans la salle où est installé son immense micro-artdinateur. Alma s'y trouve. Toute petite et frêle, elle est attachée par de grosses chaînes que les motards utilisent pour attacher leurs grosses motos. Macintosh marche vers la machine et y ouvre un panneau. Il glisse le plateau et la nourriture dans la machine.

— Tiens, voilà ta bouffe, dit Macintosh à sa machine. Demain, si tu es sage, nous irons nous promener et nous achèterons de la crème glacée.

Macintosh est encore plus fou que Roberval ne le croyait. Parler à une machine peut, à la rigueur, se comprendre, mais de là à lui acheter de la crème glacée, il y a une marge.

— Roberval! Je sais que vous êtes là, crie tout à coup le méchant. Je suppose que vous pensiez me surprendre? J'ai appris que ces imbéciles de Borduas m'ont trahi et je vous ai aperçus, vous et votre mastodonte d'ami, dans les couloirs de ma mine. Allez! Sortez de votre cachette. Je vois un gros ventre dépasser.

Dolbeau et Roberval sortent de leur petite cachette. Roberval est découvert, mais il ne se sent pas vaincu, bien au contraire. Il a la loi de son côté.

— Les pommes sont cuites, Macintosh. Au nom de la loi, je vous arrête. Je vous accuse d'être un escroc, un profiteur et un kidnappeur.

— Vous oubliez les qualificatifs: voleur, fourbe et même fou. Mais pour m'arrêter, gamin, il vous faudra manger encore beaucoup de croûtes au petit déjeuner.

D'un geste brusque, Macintosh appuie sur un bouton de la machine. La lumière s'éteint et la pièce est plongée dans un noir sombre pas très clair obscur.

— Vite, Dolbeau! Attrape Macintosh!

— Mais je ne vois rien, moi.

— Attends, je crois savoir où se trouve le machin-chouette qui sert à allumer la lumière.

ROBERVAL ! LE TRUAND SE SAUVE ET IL EMMÈNE ALMA !!!

ATTRAPONS-LE AVANT QU'IL NE SOIT TROP TARD !

82

COMME ÇA, MA BELLE, TON FRÈRE VA REGRETTER DE S'ÊTRE MÊLÉ DE MES AFFAIRES. LE TRAIN PASSE DANS TRENTE SECONDES...

MALHEUREUSEMENT TON FRÈRE N'AURA PAS LE TEMPS DE TE SAUVER!

HÉ HÉ! HÉ!

Macintosh laisse Alma à son pauvre sort et s'enfuit par le tunnel. Sur ce, Roberval arrive près des rails et, ô horreur, aperçoit sa petite sœur ligotée comme un saucisson.

À cet instant même, le train fait ir-ruption. Et au train où vont les choses, tout semble perdu pour Alma.

9

La peinture sur soi

Le chauffeur du train fait tout en son pouvoir pour arrêter la course folle de sa locomotive, mais en vain. Roberval, quant à lui, se précipite sur les rails et essaie désespérément de délier Alma.

— Roberval! Roberval! crie la courageuse petite sœur, laisse-moi. Va-t-en. Sauve-toi, sinon le train t'écrasera, toi aussi.

— Je ne te laisserai jamais, Alma.

Roberval fait tout son possible, mais il y a beaucoup trop de nœuds. Ils sont faits comme des rats. Le train n'est plus qu'à quelques centimètres du frère et de la sœur. Roberval enlace Alma et se ferme les yeux. Ce qui l'empêche de voir le train changer brusquement de voie...

— Pas de bobo, Roberval? s'inquiète Dolbeau.

— Comment se fait-il que nous ne soyons pas écrabouillés par le train? s'étonne Roberval en ouvrant les yeux.

— Je l'ai fait changer de voie. Il y a une grosse manivelle, là-bas, et je me suis dit, comme ça en passant, que, si je ne l'utilisais pas, tu serais probablement changé en pâté chinois. J'ai tiré la manette et le train a changé de rail. Au fait, depuis quand y a-t-il un train dans la mine?

— Encore une invention de Macintosh, je présume. Le train a filé par le tunnel de droite. Notre ennemi a pris le tunnel de gauche. Le tout est de savoir où mène ce tunnel.

— Il mène à Pointe-Bleue, répond Alma.

— Comment peux-tu en être sûre?

— C'était écrit sur le train. C'est là qu'il se rendait.

— Pointe-Bleue, le village indien! Si nous faisons vite, nous aurons sûrement une chance de capturer Macintosh.

— Il a beaucoup trop d'avance sur nous.

— Nous ne pouvons pas le rattraper nous-mêmes. Mon ami, Bison Réjoui, lui, le pourrait. Venez vite dehors, nous allons faire un feu.

— Chouette! Nous allons cuire des guimauves ou des guibleus, s'exclame Dolbeau.

Ils se précipitent à l'extérieur de la mine et ramassent tout le petit bois qu'ils peuvent trouver. Roberval allume son feu et la cuisson des guimauves attendra. Roberval prend une couverture qui va lui servir à faire des signaux.

À l'époque, il y avait, bien sûr, le télégraphe, mais les Indiens pouvaient également communiquer entre eux grâce à des signaux de fumée.

89

— Compose encore une fois, lui demande Alma.

Roberval recompose et, cette fois-ci, les nuages «sonnent». Après plusieurs sonneries, Bison Réjoui répond. Il était sous la douche.

Roberval, grâce à la couverture, forme différents nuages qui expliquent à Bison Réjoui qu'il doit capturer Macintosh à la sortie du tunnel du chemin de fer.

Bison Réjoui, fier farceur, est ravi de rendre ce service à son ami cow-boy. Il forme quelques nuages pour dire à Roberval qu'il est d'accord et il raccroche sa couverture. À grands pas, il retrouve ses anciens guerriers qui se sont reconvertis en grands artistes. Grâce à eux, la peinture de guerre qu'ils se mettaient sur le corps a été modifiée et est devenue un art qu'on appelle le *body-art* ou, si l'on préfère, la peinture sur soi...

— Hé, les gars! s'écrie Bison. Suivez-moi avec votre peinture. Il y a une toile sur deux jambes qui nous arrive par le chemin de fer.

Quelques instants plus tard, Macintosh surgit du tunnel, tout heureux d'avoir semé Roberval. Il ne se doute pas trente secondes qu'à quelques pas de lui, vingt-quatre pots de peinture bien remplis vont lui tomber dessus. Au moment où Bison Réjoui le livrera à Roberval, ce dernier hésitera entre le mettre en prison ou au musée.

10

Picasso

— **P**ourquoi revient-on à la mine, Roberval?

— Il y a encore une chose que je veux éclaircir.

Alma, Dolbeau et Roberval se retrouvent devant l'immense micro-artdinateur de Macintosh. Roberval en fait le tour et découvre une porte dérobée. Il l'ouvre et pénètre à l'intérieur.

Dans la machine infernale, il y a une immense pièce tout aussi grande que la machine. Il y a des pots de peinture partout, un chevalet et une couchette. Dans un coin, bien tapi dans l'ombre se tient un petit garçon tout craintif. Roberval va vers lui et lui tend la main.

VIENS PICASSO. C'EST FINI !

Épilogue

— Comment savais-tu que Picasso se trouvait dans la machine? demande Dolbeau bien assis devant la télé qui diffuse les *Beaux Rodéos*.

— Quand Macintosh a donné à manger à sa machine. Une machine fonctionne à l'essence ou à l'électricité, pas avec des spaghettis, du yogourt et un verre de lait. De plus, Macintosh est bel et bien allé en Espagne pour adopter un enfant. C'est là-bas qu'il a découvert ce petit garçon avec ce don pour la peinture. Il l'a adopté et l'a caché à tout le monde ici pour l'exploiter et profiter de son génie. Maintenant, Picasso est entre bonnes mains. Monsieur Villeneuve s'occupe de lui jusqu'au jour où il retournera dans son pays.

— Roberval! s'écrie tout à coup Alma qui se tient dans l'entrée du salon.

Paul-Émile Borduas: Il est né au Québec à Saint-Hilaire en 1905 et est mort en 1960. Signataire du manifeste *Le refus global*, il fut, comme le dit le *Petit Larousse*, un maître de l'abstraction lyrique.

Paul Cézanne: Peintre français, né en 1839 et mort en 1906. Fils de banquier, il décide de se consacrer à la peinture malgré les réticences de ses parents. Ce peintre impressionniste influença plusieurs courants tels que le fauvisme et le cubisme. Cézanne ne connut la gloire qu'après sa mort.

Salvador Dali: Peintre, dessinateur et écrivain espagnol né en 1904 et mort en 1989. L'excentricité de son comportement, son génie publicitaire et son goût de la provocation ont fait de lui l'un des plus importants peintres du mouvement surréaliste.

Marc-Aurèle Fortin: Peintre, et graveur québécois, il est né en 1888 à Sainte-Rose et il est mort en 1970. Peintre bohème, miné par la maladie, on a dû lui couper les jambes. Il mourra aveugle, sept ans après avoir cessé de peindre. Sa popularité s'est accrue après sa mort.

Jean-Paul Lemieux: Peintre québécois né à Québec en 1904. C'est vers l'âge de dix ans qu'il rencontre un peintre américain et qu'il découvre le monde fascinant de la peinture. Lemieux sera surtout professeur durant de nombreuses années. Les tableaux de Lemieux représentent souvent un personnage mystérieux ou tendre dans un paysage austère.

Claude Monet: Peintre français né en 1840 et mort en 1926, Claude Monet est un des premiers peintres de l'école impressionniste qui consiste à suggérer des formes par des taches de couleur.

Pablo Picasso: Espagnol né en 1881 et mort en 1973. Peintre, sculpteur, dessinateur et céramiste, Picasso a été un des chefs de file de l'art moderne. Pablo Picasso manifesta très jeune des dons exceptionnels pour le dessin à un point tel que son père, également peintre, lui remis solennellement sa palette et ses pinceaux. Picasso est sans doute le peintre qui a le plus marqué son siècle.

Arthur Villeneuve: Peintre autodidacte québécois né en 1910. Toute sa vie, il a peint des œuvres naïves illustrant la vie quotidienne. Ses toiles étaient les murs de sa maison. Pas un seul coin de sa demeure ne fut épargné par son pinceau. Il fut peintre, mais aussi... barbier.

Collection Papillon

Lithographié au Canada
sur les presses de
Metrolitho inc. - Sherbrooke